JN026060

天地再創造

戸比本 幾羽

Ikuha Tohimoto

幻冬舎MC

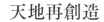

天地再創造

天地再創造

地獄の詩

闇の天使

RANDOM HEART

FEAR MYSELF

POSITIVE PASSIVE JUNCTION

SHOUTER

虚無の嵐

LONG LULL

狂乱日誌

孤狼

NEVER SAID CONFESSION

薔薇の詩

美しき薔薇

BEAUTY CHASER

PRISTINE

幻惑の君

DIZZY DAYS

LOVE SLAVE

TWO HEARTS

PRECIOUS SMILE

GREECE FEEL

希望の詩

WONDERFUL WALTZ

創造の詩

聖なる騎士のアナバシス

新生の春

葡萄と太陽

桃津風

花を抱きて君を待つ

MIRAGE MIRACLE

光の武士は西へ行く

約束の果て

弥勒下生

地獄の詩（うた）

闇の天使

心に抱えた古傷は　　一生消えることはない
異常な程の自意識と　　尽きぬ会話は続いてく
残酷すぎるこの知性　　飼い慣らすためのこの理性
否定の刃を振りかざし　　俺も世界も切り裂いた

死を垣間見た絶望を　　潜り抜けた今は奇蹟だろう
生きてる世界で真実は　　余りに深く埋もれてる
狂気の淵を知ってから　　這い上がり生きるこの人生
笑顔も涙も胸の底　　偽りの影はもう見えず

誠実に生きる人たちが　　　報われ難きこの世界
自分を低める者たちが　　　器用に渡るこの世界
奇妙な矛盾を飲み込んで　　時が来るまで地に伏そう
　追放された堕天使に　　　血染めの献辞を捧げよう

　神の光を信じてる　　　　愛も希望も信じてる
それでも闇を胸に秘め　　　異境を目指し羽ばたこう
全てを捨てた最涯てで　　　立てた誓いに賭けてみよう
　失われたその楽園が　　　朧げながらも目に見える

RANDOM HEART

自分が抱いてる心ほど　　脆くて危ういものはない
穏やかに歩むその中で　　狂気が背後に忍び寄る
言葉は連結失って　　論理は内から崩壊し
複雑怪奇な心模様　　超現実を超えている

抑え切れない暴れ馬　　手綱を捌くは超自我で
躁と鬱とが連弾し　　不協和音は美しく
天使の様な優しさと　　悪魔の様な冷たさで
数多の声が振動し　　暗い水面をざわめかす

支点があまりに不規則で　　無数の円が重なって
　断絶しながら連想し　　　統一された無秩序で
　自分が選んだ解答は　　　選択肢には既に無く
　出発点もその途路も　　　忘却の海に沈みゆく

　間近に佇むこの友と　　　過ごした想い出数知れず
　音信不通と思いきや　　　ひょっこり笑顔で訪れる
好きに違いは無いのだが　　知り尽くせないよこの友は
　方程式が不規則に　　　　今日も答えを求めてる

FEAR MYSELF

自分を恐れる僕がいる　　果てし無い程広すぎて
自分に戦く僕がいる　　　限り無い程深すぎて
その都度置かれたその場所で　可能性の渦が押し寄せて
周りに奏でる複数の　　　心の音を組曲す

異常な程の洞察は　　　地底に蠢く叫び声
優しい笑みはこの僕を　　窶し匿う自己防衛
この世の矛盾をかわすごと　その容貌は逆行し
狂気の風が戦ぐ中　　　消え去る程に透き通る

一つの言葉のその意味を　　十通りにまで解釈し

非現実が現実に　　世界が終わる程の杞憂

論理はいつも底を突き　　皮肉に笑う他は無く

結局僕に残ったのは　　幾多の愛すべきメロディー

自分を見つめる僕がいて　　それでは僕はどこにいる

僕が見つめているものは　　それなら一体誰なのか

ただ一つだけ言えるのは　　笑って悩める僕がいて

ただ一つだけの真実は　　こうして生きてる僕がいる

POSITIVE PASSIVE JUNCTION

気付いてないかもしれないが　　人は誰でも二面相
正気の笑顔の奥底に　　狂気の笑みが眠ってる
人生讃歌が響く中　　人生哀歌を輪唱す
希望の道のその途中　　絶望の道が交差する

青い空の広がりを　　深く心に吸い込んで
小鳥のさえずり聴きながら　　希望の数を指折りす
理想の自分はすぐそこに　　愛する人もすぐそばに
足取り軽いこの道は　　真っ直ぐ空へ続いてる

赤い空の切なさは　深く心に染み込んで
聞こえる音は波と風　連れ立つ友の名は絶望
理想の自分はまだ遠く　愛する人は夢の中
足取り重いこの道は　闇夜の中を蛇行する

気付いていないはずはない　ヤヌスの鏡に映る顔
明日への糸を手繰る中　悔いの鎖が足首に
人生なんて泣き笑い　涙の色はプリズムで
光と影の交差点　迷いの中で立ち尽くす

SHOUTER

叫びの声が呼んでいる
叫びの声は知っている
理性と呼ばせたその枷(かせ)で
君が知ってる君だから

君は眠っていないかと
君が向かうべきその場所を
飼い慣らしてはみたものの
誤魔化し切れない最後まで

大地を忘れたその果ての
痛みを知らない絶対知
同じ世界に生きるなら
最悪の中で咲く花に

弁証法など意味は無い
彼(か)ほど危ういものは無い
その苦しみを共にしよう
最高の美を見出そう

どれだけ理由を連ねても
見栄も虚勢も脱ぎ捨てて
妥協や狃れを嫌うなら
全てに真摯でいることを

あの人の美は変わらない
ひれ伏すがいいその人に
君は踵を返すがいい
勇気と共に誇るがいい

叫びの声は待っている
叫びの声は生きている
理性の鎖を引きちぎり
君が生きてるその場所で

疑いきれない疑いを
噛み殺して来た諸々に
君の全てを叫ぶがいい
君の命を叫ぶがいい

虚無の嵐

死を知らぬ故の人たちは　　真に生きてはいないだろう
何かを失うそのことは　　何かを手にすることであり
何かを忘れるそのことは　　何かを見出すことだから
耳を澄ませば胸底に　　虚無の嵐が訪れる

何かをいつも恐れてる　　それはおそらく闇だろう
その深淵が口を開け　　僕を静かに見つめてる
漆黒の虚無が招くから　　高く飛び立つ他は無い
全ての否定のその後に　　肯くだろう一度だけ

荘厳なまでのその城は　　　嵐の叫びで崩れ落ち
体系の木々が倒れゆき　　　生きたリゾームが根を生やす
時代は流れてその根から　　新たな樹木が育つだろう
恵みの雨は大降りに　　　　そして嵐が来るだろう

無意味の闇世に呟いて　　　小さくその死を重ねよう
暗い鏡が輝いて　　　　　　この世の全てを映すだろう
虚無の嵐の訪れを　　　　　その中心で迎えよう
運び去られて見開けば　　　そこには光があるだろう

LONG LULL

歩き疲れたこの僕に　　　　吹き荒ぶ風も既に無く
腰を下ろしたこの僕を　　　赤い夕陽が見つめてる
打ち寄せる波の引く音に　　僕の心も浚われて
何も無かった一日に　　　　ため息さえなく目を閉じる

青白く醒めたこの僕を　　　暖める風もきっと無く
海辺に寝転ぶこの僕を　　　名も無き星が眺めてる
遠い宴のその声に　　　　　微かな温もり抱くとも
海鳴りの音に誘われて　　　深い眠りに落ちてゆく

孤独に慣れたこの僕を
眠りから覚めたこの僕を
渡り鳥の声に呼ばれては
行くあてとなとありもせず

震わせる風もやはり無く
眩しい朝日が照らし出す
沈んだこの身を起こすとも
足跡だけが続いてく

さすらい続けたこの僕を
立ち尽くすだけのこの僕を
微かに触れたそよ風に
やはりそれすら幻で

導く風ももはや無く
灼熱の日が焦がしてく
誰かの声を耳にすも
凪いだこの日を歩き出す

狂乱日誌

今さらながらに気付いたよ
あれは今でも覚えてる
神の名前を羅列して
言葉も文字も乱れ飛び

自分が普通じゃないことに
世界が崩れた日のことを
惑星たちを呼び寄せて
狂って吠えた檻の中

やっと歩けたその時も
少しずつではあるけれど
輝く光と出会えたから
そのまま歩けばよかったろう

恐怖の渦は胸の中
世界を組み立て始めたよ
あの日の笑顔も蘇り
それでも僕は跳んだんだ

知らないことが押し寄せて
　　当たり前さを疑えば
闇のタクトを振りかざし
　　人が語るそのことの

その真実を掘り出すよ
そこには何が残るだろう
ありえぬ旋律奏でるよ
本当の意味もまだ見えず

どれだけあるか知らないが
　僕の全てを書きつけよう
　　狂う手前で狂っては
　　その粗筋も顛末も

吸い寄せられたこの紙に
読み解く人さえいなくとも
眠れる世界を呼び醒ませ
君らが自由に語ればいい

孤 狼

暗い闇夜の山道を　　狼一匹歩み行く

空の満月輝いて　　黒いこの血が騒ぎ出す

うねり歩いたこの場所に　　我満たすもの既に無く

白きこの牙岩で研ぎ　　飢えが下山を余儀なくす

金に輝くその家に　　二匹の豚が住んでたさ

似合いもしない真珠して　　餌を食い散らかしてたさ

満足顔のその面に　　お前が餌だと咆えたのさ

脂肪で膨れたその割に　　胸糞悪い味がした

背後に迫るその影は　　　　　　血を嗅ぎ付けた銀の虎
有無を言わせぬ一撃に　　　　　走る戦慄喜びよ
くれてやったさ足一本　　　　　貴様の光と引き換えに
喉から滴る真紅の血　　　　　　勝利の美酒には相応しい

足を引き摺り彷徨えば　　　　　誘惑するよ女狐が
騙したつもりでいたんだろう　　貴様の塒へ付いてくよ
何も持ってはいないのさ　　　　そこまで寂しく鳴くのなら
この首筋の一噛みを　　　　　　時折舐めては生きるがいい

暗い闇夜の山道へ　　　　　　　狼一匹帰り行く
空の満月悲しくて　　　　　　　尽きぬ孤独を咆えたのさ
歩き疲れた身を休め　　　　　　瞼をそっと閉じたのさ
遥かに聞こゆる遠吠えは　　　　果たして夢か幻か

NEVER SAID CONFESSION

この感覚は何だろう　　上手く言葉に出来ないが
けれども自分は知っている　　不思議な程のリアルさで
脳が更新されたのか　　心が上書きされたのか
ある瞬間境に僕の中　　新たな僕が目を覚ます

Subjective と Objective　　それを同時に何と呼ぶ
自分の心の投射とは　　思えぬ程の Insight
自分を見ている人の中　　自分が密かに紛れてる
梵我一如は言い過ぎか　　禅の境地と紙一重

ミクロとマクロの混ざり合い　　縮図は自分の思う儘

些細なものが迫り来て　　　　　この重大事にとぼけ顔

腰の低さは人一倍　　　　　　　大局観は大軍師

覗いた針の穴の奥　　　　　　　広がる景色は無限大

スキゾチックとパラノイア　　　拡散しては集中し

連想の波が押し寄せて　　　　　動かぬ岩に打ちつける

心は無限多面体　　　　　　　　見たこともない色彩で

悲しい自分にアイロニー　　　　笑顔の中のニヒリズム

愚直なまでの生真面目さ　　　　気付けば崖の半歩前

音立て何かが弾けたよ　　　　　世界はまさに再起動

大いなるかなこの正午　　　　　そして同じく非知の夜

真理の裏の現実を　　　　　　　全て笑いと変えてゆけ

薔薇の詩

美しき薔薇

そこに咲いたその花は　　空気を変える一瞬に
　　花びらの如き唇は　　妖しい程の赤み帯び
振り撒く芳しい香り　　全ての男を魅了して
そして触れるその者を　　悦楽の中へ浸らせる

そこに咲いたその花は　　陽気な笑顔で咲き誇る
　　陶器の如きその肌は　　透き通るほどの真白さで
　　至福の様な質感で　　全ての男を包み込み
そして触れるその者を　　幼き子供に帰らせる

そこに咲いたその花の　　　　花弁は垂れるしなやかに

　　長く流れる黒髪は　　　　吸い込まれるほどの艶やかさ

　　華麗に歩くその姿　　　　全ての男を嘲笑い

そして触れるその者の　　　　理性の箍を外させる

そこに咲いたその花は　　　　恥じらいの中で花開く

　　黒いダイヤのその瞳　　　　処女と娼婦の屈折率

　　奇蹟の様な輝きで　　　　全ての男を狂わせて

そして触れるその者は　　　　虜にされる永遠に

BEAUTY CHASER

あの時感じた美しさ　　　僕は決して忘れない
その美に触れた喜びも　　僕は決して失わない
普通に過ぎ行く毎日の　　その１コマを切り取って
心のアルバム満たしてく　残りのページはまだ多く

子供の無邪気な笑い顔　　瞳の中には汚れなく
優しく見守る親たちの　　瞳は優しい愛に満ち
仕事を終えた人たちの　　汗には働く喜びが
趣味に勤しむ人たちの　　心はいつも童心に

貴女の振り撒くその笑顔　　この世の何より美しく
　　貴女の流したその涙　　この世の何より大切で
染み入るような黒髪に　　僕の心は吸い込まれ
　その透き通る白い肌　　触れることさえためらわれ

　　　空に輝く星々は　　古代のロマンを呼び覚まし
　　地平に沈む太陽に　　僕はしばしば立ち尽くす
　　川のせせらぎ鳥の声　　ほとりで僕はまどろんで
けなげに咲いてる花たちに　　僕は何度も励まされ

この世に溢れる美しさ　　僕はそれらを信じたい
一つ一つのその出会い　　心にそっとしまいたい
　永遠でない僕ら故　　永遠の美を求めたい
それにも優る一瞬に　　命の炎を燃やしたい

PRISTINE

生まれたままでいることが 　奇蹟の様なあり方で
　傷付きやすい心には 　優しい産毛が生えている
　　鋭い視線に戦いて 　無為の言葉を邪推して
けれども笑顔は絶やさずに 　子供の様な無邪気さで

ありのままであるがゆえ 　大切な人を傷付けた
　悪意を心に潜ませば 　少しは大人になれるかな
けれども僕は迷いなく 　強く心に言い聞かす
汚れを知らぬ心ゆえの 　悩みは貴く美しい

春は心を躍らせて　　夏は情熱呼び覚ます
秋に想いは深まって　　冬は全てを清くする
貴女の笑顔が眩しくて　　貴女の声が愛しくて
貴女の肌が焼き付いて　　貴女の髪に吸い込まれ

迷いの深いこの霧は　　心の光で晴れ渡る
恐れるものは何もない　　自分を恥じることもない
白い空気を吸い込んで　　広がる青空見上げれば
天まで高く澄み渡り　　透き通りゆくよこの心

幻惑の君

君の瞳に魅せられて　　幾多の夜を過ごしたろう
その輝きに吸い込まれ　　僕は我を忘れてく
いつもは大人のその君が　時折見せる幼さに
君という名の宝石に　　　不思議な光を見ていたよ

君の笑顔が眩しくて　　　思わず微笑む僕がいて
その目映さの裏側の　　　君の気持ちを見ていたよ
理想を君に見ていたと　　自分で気付いたけれど
それでも君の輝きは　　　僕に勇気を届けるよ

君がつれないその時は　　為す術も無い僕だから
僕は怯(おび)えた眼差(まなざ)しで　　君の周りを廻(めぐ)るだけ
傷付ける気は無かったよ　　ただ優しさが欲しいだけ
君が見つめてくれたなら　　照れ笑いして帰れるよ

君の心は美しく　　僕を救ってくれたんだ
見せかけじゃない優しさと　　愛に溢(あふ)れた笑い声
眩しい君をこの僕が　　翳(かげ)らすことさえ無いならば
振り回されてもいいんだよ　　君の傍(そば)にさえいられたなら

DIZZY DAYS

惹かれあうもの感じても
見つめ合うその瞬間も
確かなものさえ見つからず
強く抱きしめられたなら

それでも全てが見えなくて
踏み出す一歩がためらわれ
時は僕らを運びゆく
全ては融けてゆけるのに

君を想って帰る日は
君が夢の中訪れて
新しい朝が来たならば
今輝けるこの日々に

何故だか無性に切なくて
笑いながらも去ってゆく
それでも少し嬉しくて
僕らは変わってゆけるかな

妖しく目映い夜の町
尽きない言葉を重ねては
冷たい風が吹き抜けて
この賑やかさの最中にも

恋人たちが過ぎ行きて
愛を確かめ合うのだろう
肩を竦める僕がいて
ただ君だけを想ってる

似ていたんだね僕たちは
素直に微笑むそれだけが
まだあどけなさを抱きながら
目も眩むほどのこの日々に

傷付きやすい所さえ
切ない程に遠いから
僕らは大人を演じてる
互いの視線が交差する

LOVE SLAVE

君の心が見えなくて　　取り残されたこの僕は
声を掛けられないままに　それでも何か伝えたくて
悲しい道化に近いほど　　子供の様にもがいてる
君が大人に見えてきて　　そんな自分が泣けてきた

君から貰ったあの笑顔　　奇蹟の様に眩しくて
君の瞳の輝きに　　　　　僕の心は射抜かれて
幻を追ってたとしても　　それは幸せだったんだ
君のつれないその仕草　　心は千に引き裂かれ

素敵な女性は多いだろう
　それでも心は踊らずに
　　想いの丈が絡まって
明日君とまた出会えたら

嬉しき好意もあっただろう
　君の光が搔き消して
　この不器用な生き様さ
　君は笑ってくれるかな

君と出会えてそれからは
自分を磨いたつもりだよ
　美とは得てして残酷さ
遠くで見ているこの僕を

色んなことを知ったのさ
　果たして君に届くかな
　痛みの中の甘美さよ
蔑まないでいて欲しい

TWO HEARTS

初めて君を見たときの　　気持ちを今も覚えてる
一目惚れではないけれど　　何故か懐かしい気がしたよ
あの頃交わした言葉には　　跳ねるリズムが響いたよ
　　冗談言い合う笑い声　　無邪気な旋律奏でてね

　　　君の素敵なその笑顔　　消え去ったのはいつの頃
君へと踏み出すこの一歩　　近づいてるかも分からずに
　　　君の理想の幻影に　　届かぬ自分を悔やんでは
　君との距離は近いのに　　君の心はまだ遠く

君の優しい気遣いは　　今でも胸に生きている
　君の明るい笑い声　　　君の心は素敵だよ
今になって気付いたよ　　これほど君に惹かれたのは
　強さの裏の優しさと　　痛みを秘めた明るさ

君はそのままいればいい　　失わないで君らしさ
　僕が勇気を出すだけで　　君の笑顔が戻るなら
　　君の心に行く道を　　ためらわないで歩けるよ
　僕らが信じられるのは　　君と僕との心だけ

PRECIOUS SMILE

いつもの笑顔のその裏に　　隠れた君を感じてた
　言葉はいつもすれ違い　　大切な君を傷付けた
許されるならこの気持ち　　今すぐ君に伝えたい
優しくそっと抱きしめて　　僕の心を伝えたい

　　目の前にいる君自身　　どんな恋路を辿ったの
無邪気で拙い僕だから　　繊細な君を傷付けた
　僕の素直な気持ちにも　　どこだかためらう君がいて
　　君の本音を捕まえて　　僕の勇気を渡したい

切ない想いを抱きしめて　　過ごした夜は数知れず
　君を信じていたいから　　　君の笑顔を焼き付けた
　ありのままでいる君の　　　その君らしさを抱きしめた
　　君を優しく見守って　　　君の幸せ包みたい

　　時の流れが僕たちを　　　結びゆくのを願いつつ
僕らは今あるこの日々を　　　ただ誠実に紡ぐだけ
　　切なく輝く涙なら　　　　今を生きてるその証
　大切な君のその笑顔　　　　いつか笑顔で迎えたい

GREECE FEEL

君の星を感じてた　　　見たことも無い輝きの
知恵の女神を想わせる　　稀なる知性とその技巧
見えない君の錫杖(しゃくじょう)は　虚偽も不正も消し去るよ
黒き瞳のその奥に　　　君は理念を写し取る

僕の星を呼び寄せた　　　その輝きは未知数で
真実の美に触れたとき　　眠れる詩魂が目を醒(さ)まし
見えない僕の竪琴は　　　希望の詩(うた)を奏(かな)でるよ
無垢なる心のその果てに　僕は理想を描き出す

華奢(きゃしゃ)なる君のその中に　本当の強さを垣間(かいま)見た
　そして心の奥底に　秘めた弱さを愛したい
穏やかな僕のその中の　凍れる炎が見えるかい
　そして心の奥底の　この哀しみを伝えたい

　僕の求めていたものを　見出したんだよ君ゆえに
　君が求めていたものは　見出せるかな僕ゆえの
　僕らの星が交差する　時の名はきっと友愛さ
天使が夜明けを告げるとき　新たな神話が訪れる

希望の詩

求めて止まない真実を　　命の限り追い掛けた
愛して止まない君だけを　　心の限り追い掛けた
真理の果てのその場所は　　歩き始めたその場所で
　　貴女に被せた憧れの　　ヴェールの向こうも見えなくて

聴こえて来るよ僕の中　　悲しく響くその歌が
　　痛みを忘れた魂に　　その旋律が駆け廻る
言葉に疲れた僕だけに　　ただ残されたその歌を
生きてる限り歌いたい　　僕と世界に伝えたい

悲しみの歌が響く時　　何かがそっと訪れる

絶望の国を旅立って　　帰らむ我はオルフェウス

無から生み出す琴の音を　無に帰す国で響かせよう

紅蓮の炎を内に秘め　　青白い風を纏いつつ

得られなかった真実を　　傷だらけの手で打ち立てた

それでも愛せる君だから　信じる心を見守った

哀しい調べを希望にし　　旋律と共に流れゆく

虚ろなヴェールのその奥の　貴女の笑顔を夢見つつ

WONDERFUL WALTZ

君の体の輪郭が　　　高貴な光に包まれて
知性に溢れた佇まい　　月の光が照らし出す
恐縮ながらこの僕と　　踊ってくれはしませんか
跪いては手を取りて　　優しくそっと口づけを

果て無く広いこの星で　　めぐり逢えた奇蹟ならば
差し伸べられた手の中で　導かれるまま選んだよ
初めはきっと不器用で　　ためらいがちな足運び
陽気な音楽鳴らそうよ　　僕らのワルツが流れ出す

君に伸ばした僕の腕　　君は華麗にすり抜ける
僕が後ろを振り向けば　　同じく振り向く君がいた
ふたりの見つめる時間には　　言葉はいつしか消えてたね
もう一度伸ばした僕の腕　　君が優しく舞い戻る

君の綺麗な黒髪が　　微かな香りを残してく
角度がめぐる君こそは　　さも美しき万華鏡
これから長い人生を　　踊ってくれはしませんか
至福の音楽鳴らそうよ　　僕らのワルツは流れてく

創造の詩<ruby>詩<rt>うた</rt></ruby>

聖なる騎士のアナバシス

果て無い程の高熱と
炭はダイヤに変わり往き
闘いに燃える黄金は
平和の覆面を被りつつ

限りないこの重圧で
弁証法の果てを行く
優しき銀の笑みと会い
折れた刀の柄を持つ

月に右手を翳すなら
白金掌から東風吹かば
虹色の声を星空へ
呪いの邪剣に魂宿り

太陽の闇が掻き消すよ
西夜に靡くよオーロラが
天駆ける星が舞い降りる
破邪の剣と変わりゆく

シリウスの牙を研ぎ澄まし
凍れる時の秘法なら
冥界の罠を三度越え
天星と成りし彦星は
アンドロメダの星雲へ

聖剣を給ふ覇者となる
ミネルヴァの知恵で霧晴れる
三途の川を登る舟
北極星の輝きで
時の鎖で駆け登る

名は麗しき織姫よ
運ぶ宇宙のゼフィロスよ
夜叉竜神も解脱成し
現れし我は桃太郎

呪縛の岩のその姫の
閨の箱舟君を乗せ
西方浄土の奥底の
般若の呪いは今解けて

鬼の呪いは凄まじき
天戸は開きて天照
禁呪を破りて天降ります
冥竜照らされ神竜へ

天の河に立つ羅生門
聖剣を天に掲げれば
愛の力はマナとなり
光と成りしその玉に

オーラを全て切っ先へ
舟はガイアへ帰還する
希望の詩を抱きしめて
浄めの光が歩み出し
全ての祈りが降り注ぐ

腹に宿りし奴羽玉の
鬼門の閂切り裂いて
愛は地球を救うかな
三種の神器が揃う今
聖なる夜の七夕に

新生の春

見えない翼を折りたたみ　　螺旋を描き舞い降りる
ふと目覚めれば海辺にて　　平和の鳩が鳴いている
優しく薫るこの風は　　　　凪の終わりを伝えてる
空から照らす太陽の　　　　陽射しもどこか穏やかで

野生の道も花道に　　　　　あの告白も真実に
虚無の嵐も晴れた今　　　　聖域の文字は浮き上がる
混沌の夢は逆巻いて　　　　始原の穴は塞がれて
磁場と時空が逆転し　　　　アルファの光が流れ出す

忘れた神のその名前　　　　善なる光唯一つ

半跏思惟のその眼（まなこ）　　　開かれ夜が昼になる

スキゾとパラノのその霧も　　聖なる光で晴れ渡る

闇の天使は辿（たど）り着く　　　約束されたその場所に

希望の鏡は映し出す　　　　ユートピアのその完成を

煩悩全ては浄化され　　　　蓮華が無数に咲き誇る

ロマンとリアルが交差して　地上天国舞い降りる

聖なる雪が解（と）けてゆき　　新しき春の花が咲く

葡萄と太陽

熟れた葡萄のその丘を　　沈む夕陽が映し出す
幾多の風雨を潜り抜け　　豊かに実るその果実
嵐が過ぎたその後に　　恵みの光はやってくる
収穫の時は来たりけり　　さあ盃を掲げよう

酩酊の中でその人は　　破壊と創造繰り返し
宴と化した人生は　　酔夢の中に消えてゆく
引き裂かれた実の豊かさと　　流れ行く血の甘美さよ
悲哀の果ての産声を　　祝福の時が迎え待つ

輝きの中でその人は　　叡智を纏い降臨す
未来の見えぬその闇は　　聖なる言葉で光明に
芸術の神に愛された　　世界を導くその人よ
世紀の果ての宣託が　　新たな世紀を紡ぎ出す

熟れた葡萄のその丘を　　眩しい朝日が照らし出す
狂乱と夢の人生も　　目映い光に満ちている
栄光の陽を目指しては　　酔いどれ舟は漕ぎ出づる
宿命の名の旅立ちを　　祝杯の声が送り出す

桃津風

厳冬を越えたその春に　　桜の花が咲き乱れ
今は隠れしあの人が　　天を指差し唱えれば
天の橋立虹呼びて　　紫雲たなびき参ります
命を唱えて桃色の　　糸が降りまし掴みます

東の勇者は西行かず　　果て無き天へと昇ります
地上で手にしたこの剣は　　ガイアの剣と申します
世界樹に生る命の実　　喜ばしき甘き白き桃
守りまするはケルビムで　　炎の剣を振るいます

アダムとイヴの原罪の　　　元凶であるあの蛇も
今では毒を浄められ　　　　その賢さをくれまする
地球の呪いをケルビムの　　炎と十字に重ねます
天地と火水が回転し　　　　聖なる剣となりまする

額に聖剣宛がえば　　　　　チャクラは開きて天照
娘の愛に依りまして　　　　桃は母へとなりまする
黄泉から帰るこの旅路　　　振り向くことはありません
天津を越えてこの星に　　　永遠の命が天降ります

花を抱きて君を待つ

二重の自分を感じてた

心の芯に神様は

表象世界は反転し

死すべき世界で捨てられた

闇の深さに戦いた

試練の炎を灯された

悩みの棘が突き刺さる

我を抱いて旅に出る

霧深き森のその中で

手折らぬままに眺めれば

森を潜り抜け見渡せば

あの可愛らしさを胸に秘め

無垢に薫るは白き百合

心の霧は晴れ渡る

賑やかな街が呼んでいる

次なる場所へ歩み出す

都の城のその奥に　　美しく咲くは赤き薔薇
触れずにおれぬ美しさ　刺された傷も美しき
城を抜け出し見晴らせば　遥かなる丘が僕を待つ
あの美しさを胸に抱き　新たな世界へ走り出す

二重の自分を省みた　　闇は光を運び往く
愛を司る美の神は　　焼けたこの身を暁へ
東の空から昇る子の　　試練と呪いは今解けし
緑の丘の世界樹に　　百合と薔薇とが咲き誇る

世界樹の枝の左へと　　我が魂を実らせる
愛と希望と美を抱いて　君の帰りを迎えよう
世界樹の枝の右側に　　君の魂戻るなら
自然の光は蘇り　　永遠の命は有りと言う

MIRAGE MIRACLE

赤く燃え立つ情熱は　　　ルビーの光を湛えてる
スカーレットの輝きで　　真紅の薔薇は咲き誇る
オレンジ色の切なさは　　沈む夕陽を映し出す
それでも朝は訪れて　　　今日に心を躍らせる

トパーズ色の輝きは　　　向日葵の如き生命で
獅子のたてがみ振り乱し　吼えるは高き栄光よ
エメラルドのその美しさ　天高く伸びる世界樹よ
虹の滴が零れ落ち　　　　豊かに恵むよこの大地

サファイア色の眩（まばゆ）さと
海と空をも抱き込んで
藍色は青を導いて
ラピスラズリの煌（きら）めきと

憂いを秘めた青色は
深呼吸するよこの地球
それを静かに眺めてる
慈愛に満ちた群青よ

紫陽花（あじさい）は雨を身に受けて
アメジストのその揺らめきで
七色の虹が絡（から）み合い
北極星もシリウスも

虹は架かるよ晴天に
夢か現（うつつ）か蜃気楼
太陽を浴びて白熱し
至高の星を仰（あお）ぎ見る

光の武士は西へ行く

始めの光は尊くて　　全てを作り上げたのさ
ロゴスと数が流れ出し　精霊と音が飛び交うよ
禁断の実のその中に　　賢き蛇がいたならば
知恵と言葉を想起して　聖なる謎を今解こう

光を支える右足は　　　八の右を思わせる
八岐の大蛇の薙いだ首　稲を鎌にて穂首狩り
鍋蓋被せて残り六　　　六は禄で米八方
葉っぱは言の葉六十四　達磨は起きて八咫は飛ぶ

光を運ぶ左足　　　　　九の力を思わせる
鬼門は開かれ菊枯れて　九尾の狐も里帰り
六は返って九になり　　黒岩退かせば白球魂
米食べ酒酔い雑も粋　　枠を飛び越え天へゆく

十は一にて陰と陽　　　光の剣を賜りて
西向く侍土に立ち　　　雷の如き居合い抜き
馬は見えない角を出し　広げる巻物十牛図
羽根を喰わえて時の詩　光の頭は舞い降りる

光の右腕左腕　　　　　男女も偶奇も大切で
光があるから闇があり　昼があるから夜があり
水があるから木は育ち　火で燃やさずに陽で照らし
不は伸び木になり否は稲　亀猿示すは真の神

東に日昇り世界樹に　　箱に重蜂西へ飛ぶ
ワンと吠えれば神の犬　猿は月の鍵本気です
矢は集まって肩に雉　　桃旗印に吉兆無
鬼の兄貴も味方にし　　聖なる都へ上京す

約束の果て

異端たるこの誇らしさ　　常識に露の価値も無い
それでも現世に生きるから　その宣告を享受しよう
永劫回帰を身に受けて　　　超人となればいいだろう
現存在の瞬間を　　　　　　宿して黙るもいいだろう

無を覗き見る俺だから　　　世界を嵐で飛ばしたい
それでも神を信ずるから　　慎ましやかに生きるのさ
オーディーンの握るあの槍も　ヴォーダンの叫ぶあの声も
治める時に納めれば　　　　咎を許してくれるだろう

誠実に生を生きるなら　　　笑顔はそうは無い筈さ
キルケゴールよパスカルよ　　君らと喜び分かちたい
　　罪と病があればこそ　　　この世は汚れて見えるのさ
けれども心配しなくていい　　全ては許されているから

　　遠い光が招くから　　　　限界などはありもせぬ
　　誰も祓えぬあの罪に　　　殉じた貴方に仕えよう
今だけを生きる素晴らしさ　　命を賭した美しさ
自我は自己へと変わりゆき　　光の世紀が降りてくる

弥勒下生

岩戸が開けたその時に　　鏡で顔を見ますれば
左目は金の太陽に　　右目は銀の満月に
全ての星辰清め来た　　火の星が鼻に降り戻る
涙を拭いて梳（くしけず）り　　笑顔で昼を迎えよう

白く輝く太陽は　　叡智と愛を恵みます
銀に輝く満月は　　妙知と慈悲を与えます
赤く赫（かがや）く火の星は　　勇気と命をくれまする
神仏の愛は限りなく　　人と地球を救います

約束されたカイロスは　　弥勒の御世（みよ）を呼びまする

三重に尊き水星（み・え）も　　アイオーンの声を聞きまする

数秘を極めしピタゴラス　　聖なる三角描（えが）きます

正三角も直角も　　重心に愛がありまする

弥勒は五六七（み・ろ・く）と申します　　一つも欠けてはなりません

五黄土星も十五夜も　　珊瑚（さんご）も苺（いちご）も美しく

朱雀鳳凰火の精も　　輪廻を断ちて舞い上がり

安息日の日に神様が　　宝船に乗りて帰ります

てん　ち　さいそうぞう
天地再創造

2020 年 10 月 7 日　第 1 刷発行

著　者　　　戸比本幾羽
発　行　人　　　久保田貴幸

発　行　元　　　株式会社 幻冬舎メディアコンサルティング
　　　　　　　〒 151-0051　東京都渋谷区千駄ヶ谷 4-9-7
　　　　　　　電話　03-5411-6440（編集）

発　売　元　　　株式会社 幻冬舎
　　　　　　　〒 151-0051　東京都渋谷区千駄ヶ谷 4-9-7
　　　　　　　電話　03-5411-6222（営業）

印刷・製本　　シナジーコミュニケーションズ株式会社
装　丁　　　　小原範均